Die Erfindung deiner Anwesenheit

Eva Christina Zeller

Die Erfindung deiner Anwesenheit

99 Gedichte, ein Zyklus

Mit einem Nachwort
von Roland Kachler

KLÖPFER&MEYER

christophorus, vision

schon im fünfzehnten jahrhundert
ging er durchs wasser
auf diesem bild
ein kind auf den schultern

sehe ihn täglich am neckar dort unten
geht er durchs wasser
und die böschung?
wie kommt er wieder hinauf?
die stufen beim klärwerk
das ist noch weit

seit vielen tagen geht er
mit diesem leuchtenden mantel
dem stock leicht gebogen so hält er die spannung
und das kind das wir alle noch tragen in uns
reitet weithin auf seinen schultern

ich seh wie er lächelt unter dem kleinen gewicht
das so groß wie sein mantel im wasser so schwer
und so rot

während er trägt und stochert und die alb kaum zu sehen
und die autos B27 brausen dahin
als wäre er nicht

die erfindung deiner anwesenheit

I

dass wir den sand sehen und eine landschaft darin
flüsse brücken ströme und eine mündung

dass wir vorhänge sehen und ein paradies darauf
aus farbflecken und das wasser plätschern hören

das aus den falten emporsteigt
dass ich die kamtschatkarosen rieche und den garten

und meinem gefährten von damals
platz mache neben mir auf dem weg

es gab ihn als er schon dem tod gehörte
als die zeit zur zeit wurde

er wusste darum wenn er neben mir ging
auch wenn ich es nicht wusste

er war nicht ganz bei mir
so wie nur ich bei ihm war ohne zu spüren dass er

schon beschäftigt mit einer zukunft die es nicht gab
mit dem raum der hinter dem wort liegt

wir waren getrennter als heute
wenn das möglich ist jetzt

wo er lange schon staub ist und ich seither sterblich
weil er auf der anderen seite

des vorhangs auf dem ich den garten sah
damals als im pfarrgarten die tauben gurrten

die tauben auf die meine brüder schossen
mit dem luftgewehr die sie nicht trafen die aufflogen

und die luft sichtbar werden ließen
die tauben erschufen den garten

in dem der staub lebt
zu dem mein freund wurde

2

trage ihn vor mir her wie eine urne
als zufall oder ausrufezeichen

ein bild zu suchen im vorhang
in der ordnung der plättchen auf denen ich hüpfe

als wäre ich klein
und eine geschichte da draußen

die ich mir selbst erzähle
die wirklich wird

3

studiere ihn täglich
seine linien schreiben sich mir ins gesicht

trage sie stolz es ist der weg
den du schon gegangen bist

ziehe den vorhang auf am morgen
und am abend wieder zu

du drücktest oft ein auge
zu du übtest schon

wolltest mir weismachen
es sei nicht so schwer

das öffnen und schließen
hab deine dann zugedrückt

es war nicht schwer
nur die erinnerung daran

will sich nicht vergessen
übe täglich damit ich einmal

den vorhang der luft
aufziehen kann

4

alles nur bilder:

der körper unter dem leintuch
wie er kleiner wird

die hand leichter
wie sich alles zurückzieht

verbirgt wie die gegenstände
zu sprechen beginnen

die brille verwaist
die schuhe plötzlich herrenlos

selbst die amsel vor dem fenster
singt dringlicher

nur das kinntuch
spricht von arbeit

die stimmen zu laut
als wenn er sie noch hörte

selbst der brustkorb
könnte sich noch bewegen

sagt unser auge
das getäuscht werden will

5

die antwort bleibt aus
ist der spannungsbogen

der plot den wir nicht erleben
das warten aushalten

von etwas das ein vorher ist
»mit freuden hindurch«

steht auf dem grabstein
vielleicht wird man bescheidener

dankbarer nüchtern betrachtet
liegt in den falten

eine vorbereitung
auf diese antwort

auf eine frage
die wir vergessen haben

6

»jetzt hat er seinen frieden«

vielleicht hat er auch nichts
wir haben wenigstens ein wort dafür

und nichts dahinter
ein universum leer

nicht auszuhalten
da sind doch schwarze löcher

und die vielen wünsche
hinter dem nichts

7

gesetzt er würde anrufen
über eine unbekannte leitung

wenn er spräche mit dieser fremden stimme
die ich nachts höre

oder in den bergen
beim schnellen abstieg

wenn der wind im ohr
einfängt diese wellen

von einem fernen strand in estland
oder einer ecke in brooklyn

gesetzt es wäre möglich
wo blieben die schritte

die ich ohne ihn gegangen bin
die jahre im provisorium

im ewigen proben das warten
auf bahnsteigen unter

lautsprecheransagen verzerrt
und unverständlich

8

als du vor mir standest

mit deinem karierten hemd
das du immer noch trugst

glaubte ich nicht an einen traum
du begannst zu weinen

aufgesprungene erde
das verpasste der jahre

wir hatten uns verlaufen
all die jahre standest du

auf einer anderen plattform
können tote weinen

9

in unseren seelenschlaufen

in den ritzen der pflastersteine
zwischen den terminen

an der bushaltestelle
wenn wir nicht wissen

in welche richtung
die erde sich dreht

wenn die fragen sich anschmiegen
fremde schnüffelnde hunde

wenn wir sprechen wie bruder franz
mit den spatzen im gehölz

wenn plötzlich eine katze
verständlich miaut

für eine kurze spanne zeit gehen
als gäbe es kein opferlamm

10

die ampel die immer noch geht
er zeigt sich nicht

er verändert sich nur in mir
er verändert mich

auch die linien zieht er nicht
den faltenwurf

heimlich spricht er
in den dingen

II

im sommer
wenn die sonnenblumen

ein ausrufezeichen
der beiläufigen dringlichkeit

ihre köpfe drehen
nicht nach dem tod

der schon über den brennnesseln
fäden spannt wie spinnen

der im dahinter liegt

12

die frage lautet warum

oder warum nicht
gibt es nicht anfang

und schluss
wir sind immer mittendrin

auch im letzten atemzug
auch wenn wir täglich

ins bett steigen
um zu üben

13

er wäre jetzt 50 geworden
wenn er nicht 27 geworden wäre

meine kinder wären seine kinder
er wäre neben mir gegangen

hinter dem vorhang der luft
ob du noch da bist

zieht es mich ab und zu
zu dir hin

14

schau die mauer an
die deiner kindheit

und hör die tauben gurren
im garten dahinter

und schon bist du dort
wo du nie warst

in der sehnsucht
nach diesem ort

diesen bäumen
dieser stimme

wo du ganz
wie du auch hier sein könntest

in jedem augenblick
wie die flechten sich ordnen

du könntest diese sprache erlernen
für die es kein lehrbuch gibt

und keine zeit
weil du beschäftigt

mit einer anderen
darüber vergisst du

dich zu erinnern
woher du alles kennst

15

wenn aber du kämst
renn ich doch hinterher

mit dem schienen-dadam
wenn aber du hören könntest

wenn aber der staub jeder staub
mich rührt und absucht

eine spur hinter der luft
wenn aber durchsichtig

die narbe beim aufwachen
die frage wer man denn sei

wenn aber am grunde des neckars
sich etwas reibt reibt aneinander

der weg noch eine biegung zeit
nein nein ein zuviel der luft gelb im regen

bleib ich noch ein bisschen
kannst du wohl warten

dabei warte doch ich
staub geduldig eine spur

eines kindes gesang im keller

16

du musst nur lange genug
das grab suchen

den vorhang betrachten
wo die tauben gurren

hinter der mauer
die sich deinem blick auftut

wenn du auf den punkt starrst
dort hinter dem schnee

fängt die sprache an
die wir nicht sprechen

17

die verlierbaren toten
entschwinden aus den städten

wenn sie in der minderzahl sind
wirf angeln aus

mach ihnen platz
neben dir auf dem weg

leg ihnen sehnsuchtsbrot auf die fensterbank
schau hinter jeden baum

unter jedes bett
auf der anderen seite des flusses

weht ein anderer wind

18

dieser wind
treibt werbezettel vor sich her

als winkte jemand
von jenseits der grenze

von wo noch keiner zurückkam

19

von wo noch keiner zurückkam
es könnte um die grenze gehen

die du überschritten hast
wie wir grenzen überschritten

mit körben und warmen handschuhen
büchern in die andere hälfte

jeder existenz
auf der anderen seite

liegt doch immer der tod
seither bin ich auch dort

und versäum das nötigste
auf meiner seite

es hat mit versäumnissen zu tun
die ich mir zuschrieb

weigere mich
ganz da zu sein

20

mit dir wurden versprechen versenkt:
wie zukunft zauberwort

jetzt muss ich auch verlieren
gabst mir nie die schuld

schickst mich an die grenze
ich lauf auf und ab

21

an einer kreuzung vor sparta und noch vor arkadien
standen wir unter der augustsonne in der pansstunde

und dein hut mitgebracht aus den anden
der hut einer indiofrau dunkelgrün

blieb am straßenrand liegen
als wir in den hohen lkw kletterten

er hatte ein ziel wir nur eines für die nächsten stunden
die wir füreinander erfanden dort

in der mitte des handtellers peleponnes
sammelten wir bilder von straßenrändern

wo der hut lag wussten wir am abend nicht mehr
du warst unglücklich ich wollte nicht zurück

in ein wohinauchimmer jahre später du bist schon staub
sehe ich deinen hut auf einem markt in peru

auf der straße liegen nur ein hut
den ich dir gerne geschenkt hätte

22

du warst auf dem absprung in die großstadt
wohntest an der lautesten straße übtest schon

als wir mit der nacktheit der vertriebenen
das feigenblatt vor dem gesicht erkannten

dass wir beschwichtigten einer den anderen
im stall in dem der schnittlauch

im glas gefror und die sprudelflaschen platzten
wenn die kälte sich anschmiegte die mäuse

über unseren köpfen rannten
in der krippe lag deine krankheit und wurde groß

23

stand am bahnsteig
und wartete auf den seelentröster

der einen faden in der hand hielt
und die tasche voller steine und brotkrumen

hatte den falschen abgeholt
sollte bei dir sein

an deinem bett
beim blick auf die gleise die sich verbanden

glänzend bis in die ferne

24

»schau dich doch an«
als ich in dein krankenzimmer stürmte

wie ein hotelzimmer
sogar die vögel vor dem fenster kamen deinetwegen

»schau dich doch an«
nicht mit deinen augen

jahre später in deinem bett
sah zu der tür

durch die ich hereingestürmt war damals
roch nach dem anderen

nach schlechtem gewissen
trotz des desinfektionssprays

nahm mir alles heraus
weil du gehen würdest

nicht mehr herauskamst
auf eigenen beinen

du jenseits von strafen und wut
»schau dich doch an«

25

gehen

in etwas anderes hinein
vielleicht mit der sprache

mit diesem kamel
das den durst erträgt

26

raube dich in mein leben
mit fotos neben dem herd

beim tee am morgen
seither bist du so weit

wie die bilder an der wand
die spanne nur armlang

gehe langsam werde jahre
umgebe mich mit zeit

gehe im kreis
vielleicht sehe ich dich

wenn die vorhänge
weggedacht sind

27

die entfernungen
auf dem weg

auf fotos bist du ganz jung
wenn du sähest meine falten

unkraut und wildwuchs
bist du in ordnungen zuhaus

wenn ich zu dir hindenke
wo es keine geographie gibt

keine bücher keine rechtschreibung
über das wichtigste

wissen wir nicht bescheid
nicht mal steine für den weg

brotkrumen für die vögel
wenn ich nur lange

hindenke zu dir
könnte ich deine sprache verstehen

ohne karte dich orten
wenn ich nur lange

einfach ins schwarze hinein

28

die stille hat türen
gehe hindurch

dort stehen bänke
die riechen nach luft

29

auf dem rücken treiben
ohne ufer

wolken betrachten
die tiere der arche dort oben

30

einen weg entwerfen
austreten aus der logik

wo ich bin
da ist nicht der tod

und wo der tod ist
da bin nicht ich

der garten hinter der mauer
der blick in beleuchtete häuser

der weg am fluss
hinüberreichen
mit den zweigen

31

in wolken zeichen suchen
die schrift der vögel

die sprache der sonnenblumenkerne
ihre mathematik

das fellgesträube der katze
elektrisch und diesseits

erinnert unscharf
an den vergessenen traum

32

wo du hingingst

wo ich hingehen werde
das könnten doch

andere

          oberflächen
äquatortaufen
längengrade

          sein
untergehen
hände ausstrecken

finger berühren
          ohne berührung

augen werden
ohr

33

wo du hingingst
gewinne ich land

mit worten
vielleicht erwartet uns

am ende der worte
niemand

das echo verhallt
wir lauschen auf seinen klang

der ungehörte laut
im ort dazwischen

34

nimm ihn zum freund

verzeih ihm seine stummheit
die die deine ist

nimm ihn zum freund

wie der lachs zurückkehrt
zur quelle

35

die grenze der sprache
verschieben wie stapel auf dem tisch

das feuer am rande
die grenzen meiner welt

auf den kopf stellen
das land wechseln

den leeren stuhl besetzen
von fremden tellern essen

das erinnern des vergessens
abwerfen

36

das erinnern des vergessens
abwerfen

den staub loben
mit einem gesang

über das tägliche
über das all im alltäglichen

mit dem finger
offene kreise malen

37

unsterblich ist nur der tod
ein nachbar des lebens

in der sprache mit akkusativ:
bis an den tod betrübt

könnte eine grenze sein
oder ein ziel

»es ist kein so gerader weg als zum tod
den kann man mit blinden augen finden«

das königinnenreich
der bilder dahinter

38

die bilder dahinter
aus den rahmen gesprungen

aus allen museen der welt
die brueghels und dürers

die nackten mit offenem mund
himmel und hölle

hieronymus boschs lichttunnel
auf hölzerner planke

39

ohne sand in den stundengläsern
ohne bilder

mit dem tod werden die museen
geschlossen

»mit dem tod das leben beschließen«
ein theatervorhang blumen

und ein weiterleben
in den dramen der anderen

40

auf meiner bühne wirst du immer besetzt
oder ich finde dich in der garderobe

erzähle dir was draußen geschieht
bin gar nicht mehr allein

immer wieder tauchst du auf
in fremden städten

wer nirgends ist
ist überall

41

im schlaf könnten die bilder
wahres sagen

»der schlaf war eher in der welt als der tod
das vorbild eher als die erfüllung«

zuerst also die bilder und zuletzt
entrinnen wir ihnen

im filmriss
im bilderverbot

42

seit du gingst
liebe ich das imperfekte:

die nagelbetten deiner finger
noch dünner geworden im sarg

wie die adern in den magnolienblättern
ihre kelche

welche feier der schönheit
nur einige tage

im blätterregen unter der magnolie stehe ich
die weißen schiffe regnen

ich liebe das imperfekte
dein kariertes synthetikhemd

im kleinmaschigen schleppnetz
der erinnerung

43

vom nichtsein aus betrachtet
der himmel heller

die stunde leuchtender
die dinge fordernder

nach sinn auch wenn es keinen gibt
ein blick zurück

ein aufenthalt auf freier strecke

44

als deine schuhe weitergehen wollten
die du nicht mitnahmst

im sarg sei das nicht üblich
in den treteimer der klinik

abgetretenes leben
die hemden ins männerwohnheim

für ein zweites leben
auf der straße

45

ich liebe das imperfekte
die streitenden vögel im weinberg

ihre gezackten linien vor dem weiß
als sagten sie mir etwas

die unordnung der blätter im herbst
als spräche der zufall mit deiner zunge

das gedränge an einstiegen
als könnten die menschen nicht schnell genug eintreten

durch dieses verschattete tor

46

die tauben
sitzen auf nagelbrettern

graue geduldige yogis
die taubenabwehr

die abwehr der trauer
die fehlenden klageweiber

die ungeweinten tränen
als lebtest du noch

unter dem meeresspiegel

47

um ihn betrogen
auf der intensivstation

die trauer weggeimpft
wie pocken

rituale ausgestorben
wie die wandertaube

häufigster vogel vor 200 jahren
als delikatesse geschossen

der tod nicht

48

die zeit sei medizin
die zeit ist staub

du bist verschwunden
wurdest ein anderer

der sich nie verändert

49

von nichts so viel gelernt
wie von deiner abwesenheit

diesem stein
über den fluss geworfen

er springt und springt

50

das letzte gespräch
beiläufig

beschwör nicht das ende
je näher es kommt

das ungefähre schätze
das immer das weiter

worte die einen hof malen

51

die richtigen abschiede
gibt es im kino

in der erinnerung basteln wir
eine geschichte daraus

aber wenn sie da sind
die letzten gespräche

an bahnsteigen am telefon
immer unvorbereitet

fehlt etwas
das land wohin die reise geht

wirft schatten zurück
oder voraus

in die sprechblasen
die uns erst später zeichnen

52

das letzte abenteuer
komm schreib es auf

schweig sprich nebenhin
lach ihn aus

geh barfuss durch den schnee
der schnee ist nicht da

53

primzahlen sind einsam

du bist da
und bist nicht da

etwas leuchtet und verschwindet
und ist trotzdem da

54

über die humorlosigkeit
des todes nichts vermeldet

er lebt unter uns
wir wischen den staub

gehen über ihn
die erde ist ein friedhof

55

sie an den tisch holen
wie casanova

alle versammeln
die lebenden und die toten

weißen wein trinken und roten
ich könnte dir erzählen

und doch nicht tun
aug in aug

56

dort oben beim bogentor
wo die kapelle über den hügeln

schwimmt
den weg gehen

den wir gemeinsam gingen
du mit deinem mundschutz

du gehst immer noch
neben mir

meine schritte sind andere
die anziehung der erde

gewichte
führen nach unten

57

sehe dich auf alten fotos
kann dich googeln

finde artikel
nichts geht verloren

niemand kennt deine adresse
du wohnst dort

wo meine vorstellungen
sich überschlagen

dort wo du bist
kann ich alles erfinden

58

»weil du nur gestorben bist
werden wir uns bestimmt wiedersehen«

nur, aber, doch, je nun
weil die kleinen wörter immer schöner werden

weil deine haut durchscheinend war
hell und ein spiegel

weil manchmal die zeit leicht wird
wenn sie sich einrollt

eine katze im korb

59

wohne in der ferne
im heimweh

unter einer anderen sprache
mit fremdem takt

schleppe mich treppen hinauf
verständige mich mit handzeichen

unsichtbare treppen
führen nach unten

wo wohnst du
gibt es da echo und gedächtnis

60

auf die andere seite
werf ich die fragen

schneeballen im winter
der fluss glitzert

61

kann dich nicht in ruhe lassen
weil deine ruhe mich entsetzt

und wenn du da nicht mehr wärest
wenn diese angst alles wäre

bevor sie auch noch verschwände
mit allem denkbaren

und der zeit im licht
wie ist denn deine zeit

mit schnee auf dem grabstein
ohne kalender

ohne antworten
deine zeit im ohne

62

schreib über das leben nicht über den tod
schreib über die gegenwart die langeweile das glück

schreib über die tugend die aus der not entspringt
sagt wohlmeinend der freund

bin der stein der kreise zieht
wurde angefasst

dein tod warf mich
in den fluss

63

wenn wir ihm einen namen geben
ihn streicheln mit einem wort

liegt er bei uns
wie eine katze

ein wort das andere nach sich zieht
kein ende der möglichkeiten

wegweiser gerüche ein steg
eine brücke

unten schwindelnd und schwindend
der grund

64

wenn dein tod eine ausrede
ein schritt daneben

muss ja nicht gelingen
jetzt wo du weg bist

wenn dies nur ein versteck
im wald eine flucht

bin ich raus aus dem spiel
du bist raus bin ich halb

muss nicht ankommen im leben
nicht antworten dir

65

spiegelluft
wo ich dich suche

wo sich die räume auflösen
dem tod ins gesicht sehen wollen

dir auf den fotos
schattenspiele

mein leben in der höhle
ohne gleichnis

in die sonne schauen
das schwarze sehen

66

der tod mit altem mädchen
ein unbekanntes bild

den augenblick loben mit schatten
aus der quelle trinken

»alle erinnerung ist gegenwart«

am ende jemanden
winken sehen

67

wie der tod der liebe aufhilft
die quelle herausdrückt

unter dem bewegten gras
wie die alten den verstand verlegen

für die lust für den geschlossenen augen blick
eine gegenwart verschwimmt weich

gleitet hinüber
und übt und übt

68

den letzten vorhang wegreißen
im bühnenbild die seile sehen

das geheimnis dem du dich stellst
ist nicht der tod

über den sargbrettern
das leben

69

wenn die grenze zu dir
nur meine grenze wäre

wenn es das alles nur gäbe
in meiner spiegelkammer

die bildgebenden verfahren
finden dich nicht in meinem hirn

70

weil es dich nicht mehr gibt
vergiss mich nicht

das warten im park
die ruhelosigkeit

die schwarzen flecken auf deiner haut
du hast den tod überlebt

in meiner sehnsucht
sehe dich manchmal

im gewühl einer schalterhalle
dein gesicht leuchtet aus der schaltfläche

des ticketautomaten
die fahrt zu dir kann ich antippen

»bitte geben sie den ort erneut ein«
»weiter?« fragt mich der apparat

ich tippe weiter
und weiter

71

die station werde ich noch finden
zwischen den buchstaben

die er mir vorgibt
so viele städte dazwischen

dabei suche ich einen ort
an dem ich land gewinne

72

das leichentuch deines bruders

wie es hervorlugte
zwischen den braunen tönen

winkte mit letztem weiß
als sie dich hinunterließen

auf deiner erdleiter hinab
zu den farben des staubs

73

die farben des staubs
unsichtbar und unauflöslich

wie das fremdeste dein tod
suche dich dahinter

als sei er eine tür
deren klopfzeichen ich nicht erinnere

die mein hirn noch nicht preisgibt
ich klopfe auf holz

wie hohl eine tür klingt
ein sargdeckel wie der grünspecht

auf der esche
was weiß er davon

74

vielleicht sind die toten noch bei uns
in den zwischenräumen

der zwischenzeit
wo das müde licht nicht erlischt

wo auch die ungeborenen
schemen gleich zu erahnen sind

nasse fußspuren auf den steinen
schon getrocknet

mit dem wind
dem wind der entfernung

wo die kleinsten teilchen
für die schwerkraft sorgen

die anklopft in der dämmerung
bevor die vögel zu singen beginnen

75

der tod ist eine kunst
die kunst verfolgt keinen zweck

außer zu öffnen
meine tür steht immer offen

meine rucksäcke taschen
alles kann mir entfallen

jeden moment kann der neckar ansteigen
die flut hinter der nächsten stundenkurve

wie der tod wartet

76

will wissen wo du bist
es lenkt mich ab von mir

das leben will weitergehen
ein aufgezogener blechvogel

dein tod hat auch keinen zweck
aber wenn wir alle am leben blieben

würden wir übereinander fallen
von den rändern der kugel

fliegen ins all
ohne diese anziehung

mit der es mich zieht zu dir hin
aber der wind um die kugel

bläst mir ins gesicht
ins unbekannte folge ich

orpheus hinter eurydike
in umgekehrter richtung

der schlag
der noch wellen wirft

der stein der nicht aufhört
das wasser zu kräuseln

77

in umgekehrter richtung
nicht hinunter eher hinaus

aus dunkler materie
eher ins offene all

zu den nichtvorhandenen rändern
eher die flugrouten des denkens

verlassend
ein netz das uns fängt

wie wir die schmetterlinge
flügellahm

78

diese kerbe in meinem holz
in meinem wurzelwerk

die narben besprechen
geh weiter

der große sturm weht aus
dem paradies

79

aus dem paradies
das wir nicht kennen

die bilder davon in unserem kopf
auf den leinwänden

die spiegelungen über den wolkenbergen
der blick aus dem flugzeug

wir können nicht fliegen
wir tun es trotzdem

80

in ein paradies
gesetzt wir wären nicht

schwimmende trudelnde inseln
wir könnten einander berühren

nicht nur mit worten und haut
sondern verstehen die einfachen dinge

den tod zum beispiel
das ende

dann könnten wir fliegen
oder innehalten

diese unruhe ins unbekannte
erloschen

81

die erfindung der anwesenheit
weil du tot bist bin ich sterblich

begann ich zu denken zu staunen
dieses staubkorn das sandkorn

wie die dünen wandern
die kamtschatkarosen sich ausbreiten

über die inseln
von kriegsgefangenen mitgebracht

aus russland
überwuchern ohne dornen

hüten die dünen
vor der wanderschaft

82

die erfindung deiner anwesenheit
wie die kamtschatkarosen die insel erobern

überwuchern mit stacheln statt dornen
das warten auf keinen prinzen

auf eine blendende anwesenheit
die helle horizontlinie

über schwarzem meer
unter geballten wolken

der silberfaden dort hinten
wo die kugel fahrt aufnimmt

83

die farben deiner abwesenheit
ihre wärmegrade

die sanften erdfarben
dieser schwebenden leiter

deine verwandlungen

84

vielleicht geht es
gar nicht um dich

um den abdruck in mir
den du hinterlassen hast

wie die hände der ersten menschen
die wände berührten als wollten sie hinaus

als würden sie uns zurufen
mit der roten bewegung ihrer pferde

85

wenn du die bilder mitgenommen hättest
die ich vergaß aufgehoben in einem verschlossenen garten

wenn du was ich denke
jetzt aber sehen könntest

wenn das bild im bild
uns schrumpfen ließe

wenn wir hineinsprängen
in die länder der pflastermaler

wenn wir einlass fänden im überfluss
deiner abwesenheit

86

ich erfinde deine anwesenheit
kann dich doch weder vergessen

noch verlieren wie ich andere verliere
diese logik folgt einer gesetzmäßigkeit des zufalls

eine bettdecke die mich wärmt
ein vogel der für mich singt

auf dem dach gegenüber die amsel
ihr geht es um reviergrenzen

mein revier soll an das deine grenzen
und dann singen wir in einer sprache

und lösen die grenzen auf

87

und lösen die grenzen auf
die es für dich nicht mehr gibt

da bist du mir doch voraus
wie in allem anderen auch

dabei habe ich himmelsbestattungen gesehen
die gebeine in die luft gehoben

von diesen großen vögeln
saßen im rund ernsthaft wartend

wie religiös und jenseits ihrer hässlichkeit
geier sind schöne tiere

das habe ich gesehen
und dächte du kenntest es auch

88

die leichen im keller
kisten mit notizbüchern kalendern krimskrams

bastionen gegen das nichts
das doch dein ort ist

schütze mich mit sammlungen
finde deine armbanduhr

die mit dem zerbrochenen metallband
den aufgebogenen ösen

während ich sie wiege
fängt sie zu ticken an

ich hasse die treue der dinge
ihre anwesenheit

lügen und ticken
ohne erbarmen

89

es gibt orte
da liegt die vergangenheit

vor uns
die zukunft im rücken

halte nicht offen die wunde
hör auf mit den dingen

90

den zeitlosen fotos
den schrecken nehmen:

du zeigst mit dem finger auf mich
ins objektiv

unsere katze auf dem arm
wie ein kind

lachend
nahm dich auf

ein beliebiger zeitpunkt
deine nichtanwesenheit

macht dich anwesend
ich frage mich wen du sahst

91

»der geheimniszustand der dinge«
unangetastet von uns

deine briefwaage braucht keine sprache
beneide sie um ihre balance

deine contenance
bleibst du in den dingen

92

jagd nach glück
im unterirdischen als sei es dort

klar wie der klang
der schaufel erde auf dem holz

wie dir das fallen
die hand auflegt

93

wo unsere urmütter lebten
bei küchlein und segnest mich denn

dort lebten wir wenn nicht dieses jetzt
in den nacken zöge

noch vor uns läge im angesicht
von melodien dies kind soll unverletzet sein

94

wohin geht das licht?
diese eingenistete hellhörige stille

die dich umgab mit offenen augen
aus deinen augen könnte sie

mit dem sickernden sterblichen licht
täglich eigentlich selten aber sie könnte ja

könnte durch den gulli fließen
und das spiralige dunkel breitet sich aus
in ein expandierendes universum

95

welcher reichtum dass es dich gibt
geben wird gab wortboje past tense

tot ist ein wort aber deine sprache
vielstimmig und ungereimt

mit dieser geste des hinüberreichens
der ast der in den fluss hängt

die kähne die an land
umgestülpt warten

96

das genom der pest entschlüsselt
des schwarzen todes

nicht das der trauer
nichts nur hinter den saiten

von britten und bach diese klänge
als wüssten sie was sie nicht sagen

97

kannte dich damals
wie die ampel die zuverlässig umspringt

von der ich weiß
dass sie drei farben trägt

seit du tot bist kenne ich dich weniger
auch die ampel kenne ich nicht mehr

bist du jetzt der raum der sie umgibt
bist du dort draußen

nicht du aber
das von seiner sehnsucht befreite du

deshalb findet dich meine nicht mehr
an der ampel die regelmäßig umspringt

98

habe heute zeitungen gebündelt
mit grauer paketschnur

reißfestigkeit bis 31 kg
ein schnürknäuel ohne aufschrift und namen

die damals umschlang deinen schönen großen zeh
der hervorlugte mit dem zettel und deinem namen

unter dem leichentuch als würde er nicht vergehen
die schnur verrottend aus hanf oder jute

wie dankbar ich bin
der schnur die dich umfing

noch umfing als du schon auf dem weg warst
hinunter immer hinunter

99

wind sein
der durch die welt zieht

über das meer
aus deinem woherauchimmer

windfenster und sich niederlegen
wie müder wind aus woherauchimmer

Anmerkungen

Zitate aus:

37, 39, 41 Grimmsches Wörterbuch: »Tod«

58 Adam Zagajewski, »Nacht« aus: Gedichte. Hg. v. Karl Dedecius. Hanser Verlag. München. 1989. S. 91

66, 91 Novalis

35 bezieht sich auf Ludwig Wittgenstein, Tractatus 5.6: »Die Grenzen meiner Sprache bedeuten die Grenzen meiner Welt.«

30 bezieht sich auf Epikur: »Mit dem Tod habe ich nichts zu schaffen. Bin ich, ist er nicht. Ist er, bin ich nicht.«

Nachwort

Wo sind die Verstorbenen? Wo gehen sie hin? Ihr Körper unter dem Leintuch wird kleiner, wird ferner. Die Brille, die Schuhe, die Notizbücher, alles, was dem Verstorbenen gehörte, ist nun sinnlos. Zeichen seiner Ferne, seiner Abwesenheit. Deshalb müssen die Hinterbliebenen Abschied nehmen. Der Stuhl, der Teller des Verstorbenen bleiben leer. Die nicht begreifbare Ferne und Leere, der Schmerz und die Trauer über den Tod des Geliebten brechen nun in den Seelenraum des Hinterbliebenen ein. Die Abwesenheit wird zur Begleiterin und bitteren Lehrmeisterin. Loslassen heißt das Stichwort, das Trauernden einen Stich ins Herz setzt. Der Trauernde soll seine Liebe vom Verstorbenen abziehen, sie aufgeben und ihre Energie in andere Beziehungen oder Aufgaben investieren können. Sigmund Freud beschreibt dieses Abziehen der Liebe als Trauerarbeit, nach deren Ende der Hinterbliebene vom Verstorbenen befreit ist. So deutet es die herkömmliche Trauerpsychologie nicht nur, sondern schreibt den Trauerweg auch normativ als das Durchleben von verschiedenen Trauerphasen vor. Noch bis vor wenigen Jahren hatte diese psychoanalytisch geprägte Trauerpsychologie das Sagen.

Doch Trauernde erleben das häufig anders. Für sie ist der geliebte Mensch nicht einfach weg, nicht einfach fort, schon gar nicht ausgelöscht. Neben dem Abschiednehmen für das konkrete Leben gibt es und darf es eine innere, eine weitergehende Beziehung geben. In neueren systemischen Therapieansätzen wird erkannt und anerkannt, dass wichtige geliebte Menschen bleibende Bindungen hinterlassen. Der Verstorbene darf nun ein wichtiger, bedeutsamer Anderer bleiben. Er ist Teil der Identität und des Psychischen. Oder um es mit einem Bild von Eva Christina Zeller auszudrücken: auf der Lebensbühne bleibt der Platz des Verstorbenen von ihm selbst besetzt.

In das Suchen und Finden dieser inneren Beziehung führt der Gedichtzyklus von Eva Christina Zeller. Vom Erfinden einer inneren, bleibenden Anwesenheit des Geliebten ist hier die Rede, in deren Sprache das Finden des Geliebten geschieht. Und immer wieder taucht der Geliebte auf, nicht nur in fremden Städten, sondern hier in diesen Gedichten, die in einem zyklischen Kreisen den Geliebten aufsuchen, aufspüren und immer wieder finden.

Im Traum ist er plötzlich so nahe, dass der Traum mehr ist als unsere so wirkliche Wirklichkeit. Mit dem Sehnsuchtsbrot auf der Fensterbank lockt die

Autorin den Geliebten, einen Platz neben ihr hält sie ihm bereit. An den Tisch holt sie ihn, in die Sprache und in die Poesie. Das ist der Aufenthaltsort des Geliebten. Auch wenn es für die Autorin keinen Himmel zu geben scheint, so führt doch das Zu-ihm-hin-Denken an diesen so fernen und im Denken und Sprechen so nahen Ort eines geistigen Jenseits. In der schwebenden Leichtigkeit der Poesie leuchtet eine Transzendenz auf, in der der Verstorbene nicht verloren geht. In der Poesie ist er immer wieder zu finden. Wer sich auf diese Gedichte gerade als Trauernde oder Trauernder einlässt, erlebt dieses Finden, das Finden seines geliebten Verstorbenen. So werden diese Gedichte zu Sprachlichtern, die die Suche nach dem Verstorbenen erleuchten und das Finden zufallen lassen. Nicht zuletzt sind diese Gedichte Hoffnungsworte, weil sie ein Paradies, das wir nicht kennen, doch für möglich halten. Es gibt Türen zu dieser Anderswelt der Verstorbenen. Die Gedichte öffnen sie ein um das andere Mal. Sie tun das mit den Schlüsseln, die die Sprache jedes Mal neu den Leserinnen und Lesern von Eva Christina Zeller in die Hände legt. Nun liegt es an Ihnen, mit diesen Schlüsseln die Türen zu der so anderen und doch vertrauten, so fernen und doch zugleich so nahen Welt der Verstorbenen zu öffnen. Dann werden diese wunderbaren Gedichte von Eva Christina Zeller zu Türöffnern nicht nur für Trauernde, sondern für alle, für die die Realität voller Hintertüren sein darf.

Frühjahr 2012 *Roland Kachler*

Titelabbildung:
Jo Winter: O.T., Tusche auf Konstruktionszeichnung und Transparentpapier, 2012 (21×14,5 cm).

ISBN 978-3-86351-047-3

Umschlaggestaltung: Christiane Hemmerich Konzeption und Gestaltung, Tübingen.
Herstellung: Horst Schmid, Mössingen.
Satz: CompArt, Mössingen.
Druck und Einband: Pustet, Regensburg.

Mehr über das Verlagsprogramm von Klöpfer&Meyer finden Sie unter *www.kloepfer-meyer.de*